Adelita

Dra. Esmeralda Mora Román

Written by Esmeralda Mora Román
Edited by Arisandy Rubio García
Cover & interior illustrations by Lula Guzmán

ISBN: 979-8-218-46873-6

Índice

Activities and Audio 4

Special Thanks 5

Capítulo 1. La niñez 7

Capítulo 2. La juventud 13

Capítulo 3. La madurez 17

Capítulo 4. La canción de Adelita 23

Capítulo 5. La Revolución Mexicana 27

Capítulo 6. Después de la La Revolución Mexicana 33

Glossary 39

About the Author 44

Activities and Audio
bit.ly/ci_adelita

About the Story

During my master's program in
Latin American Literature and Cultures,
I studied the Mexican Revolution through
literature and learned about the women of
the Revolution from
Nellie Campobello and Elena Poniatowska.
After months of careful analysis, I published
my literary findings in a local literature mag-
azine. This story is
an extension of that work.

Furthermore, the story was inspired by the
song "El corrido de la Adelita."

Special Thanks

Thank you to my family, students, friends, professors, and colleagues that have helped me along the way.

Capítulo 1. **La niñez**

A los siete años, Adelita era muy cercana a su abuela. Su abuela **le enseñó**[1] a leer y escribir. Típicamente, no había acceso a la educación. En especial para las niñas.

[1]le enseñó **taught her**

La abuela era una mujer religiosa, ella le leía la Biblia a menudo. Adelita aprendió a leer y escribir usando la Biblia. Le gustaba leer y escribir.

Adelita pasaba mucho tiempo con su abuela, aprendiendo a leer y escribir. También aprendió sobre **los quehaceres**[2] , como **cuidar**[3] a los animales del **campo** [4] o plantar las frutas y verduras.

Desde niña, Adelita fue una niña aventurera, con mucha curiosidad y creatividad. En el pasado eso no era normal para una niña. Las niñas tenían que ser obedientes y sumisas. Necesitaban **enfocarse**[5] en **los quehaceres** de la casa.

En esos tiempos, Adelita debía de ponerse vestidos y **rebozos**[6]. Una señorita usaba vestidos y no pantalones. No había muchos colores en las **telas**[7] para decorar los vestidos. Los colores eran vibrantes, como amarillo y un poco de rojo para resaltar los detalles de la **tela**.

[2] **los quehaceres** chores
[3] **cuidar** look after
[4] **campo** farm
[5] **enfocarse** focus
[6] **rebozos** shawls
[7] **telas** fabrics

Los hermanos de Adelita no eran muy cercanos con la abuela. Pedro y Eduardo tenían que ir al **campo** con su padre. La responsabilidad del campo era difícil. Era importante despertarse a las 4:00 o 5:00 de la mañana para darles de comer a los caballos, vacas y cerdos. Debían de sacarles la leche a las vacas y plantar mucho maíz para comer. Los hermanos no disponían de tiempo para estudiar con la abuela porque ellos pasaban mucho tiempo en el **campo**.

Gracias a la educación de su abuela, Adelita pudo alcanzar una educación avanzada.

Adelita y su familia vivían en un **cerro**[8] ubicado en México. No había otras familias en muchos kilómetros de distancia. Todo era un gran vacío.

La fortuna de México estaba en manos de una pequeña élite. La mayoría de los mexicanos eran muy pobres. Eso representaba una fuerte desigualdad.

A veces los padres de Adelita caminaban a la mansión de don Eugenio para darle maíz. Él era un hombre con ascendencia española y vivía en una casa enorme. Vivía en una casa más grande que la de la familia de Adelita o la de muchas familias combinadas. Las familias ricas tenían casas enormes. Por una razón u otra, el papá de Adelita le llevaba mucho maíz a don Eugenio.

Adelita no entendía por qué tenían que hacerlo y se lo cuestionaba. Ella sabía que existía algo raro entre don Eugenio y su familia. Sin embargo, la familia de Adelita no era la única que le llevaba maíz u otro tipo de productos a don Eugenio. Muchas otras familias **hacían lo mismo**[9] . De vez en cuando, la mamá de

[8] **cerro** hill
[9] **hacían lo mismo** would do the same

Adelita también realizaba quehaceres en la mansión. Lavaba los platos, la ropa y se aseguraba de que la mansión quedara limpia. Así es como la mamá podía llevar queso para comer en la cena.

En ocasiones la cosecha no iba bien. No llovía lo suficiente o era una mala temporada. En esas fechas don Eugenio se enojaba mucho con el papá de Adelita y le gritaba que era un perezoso, que no le gustaba trabajar y que por eso fracasaba la cosecha. Su padre se ponía triste y regresaba desesperado a casa. Durante los tiempos de sequía, la familia pasaba días sin comer, su mamá buscaba la manera de darles de comer con tortillas duras, **nopales**[10] y chiles.

Adelita intentaba pasar tiempo con sus hermanos. Los acompañaba cuando iban a caminar al campo para buscar frutas exóticas y lejanas. Hablaban acerca de sus futuros y de qué tipo de personas querían ser. A menudo, en la distancia veían a unos hombres en caballos y los hermanos se imaginaban qué tipo de hombres podrían ser. Eso era cómico para Adelita porque no le gustaban los caballos, pero sabía dominarlos. Adelita prefería estudiar, cuestionar y ser creativa.

[8] **nopales** cactus

Un día los padres de Adelita estaban hablando con la abuela y en la conversación dijeron que escucharon a unas personas en la iglesia diciendo que la revolución empezó y que se aproximaba.

—*Mamá: ¿Qué revolución?*

—*Abuela: La Revolución Mexicana.*

—*Mamá: ¿Qué es eso?*

—*Abuela: Un grupo de personas armadas se han frustrado con la dictadura de Porfirio Díaz. Ahora es el momento de la acción. Muchos hombres y mujeres han empezado a marchar a la capital para eliminar al dictador y establecer la democracia.*

—*Papá: Mujeres, no estén hablando de esas cosas. No ven que nos están espiando los amigos de don Eugenio. Es peligroso hablar sobre una revolución. Nosotros no tenemos posibilidad de estar a salvo.*

Aunque la Independencia de México pasó hace mucho tiempo, muchas cosas continuaban igual. Las cosas eran similares a la época de la colonización. Los antepasados de Adelita eran pobres y su familia ahora también lo era. Los hijos de Adelita, posiblemente, también serían pobres.

Capítulo 2. **La juventud**

Durante su juventud, Adelita tuvo que asumir su rol de mujer. Tuvo que ser más sumisa y tranquila, también evitó estar cuestionando a las personas. Sobre todo, a los hombres.

Adelita tenía que **esconder**[11] sus capacidades mentales para ser una buena candidata para el matrimonio, aunque eso no era lo que quería.

Cierto día en la **misa**[12] , la mamá de Adelita conversaba con la abuela.

—*Mamá: Estoy muy preocupada. Escucho a madres llorar. Cuando pasan los hombres de la revolución **se llevan**[13] a sus hijos jóvenes. **Se llevan** a las hijas también.*

—*Abuela: Tú tienes que estar tranquila. Aquí la revolución no **ha llegado**[14] y no llegará. Somos personas decentes y trabajadoras. Don Eugenio nos va a proteger.*

Adelita escuchó la conversación. Ella sabía que el peligro era real y que se aproximaba. Entonces empezó a hacer **trampas**[15] alrededor de la casa de la familia. Los padres también se pusieron a **enterrar**[16] las cosas valiosas. Era difícil encontrar cosas valiosas **enterradas**.

[11] **esconder** hide
[12] **misa** mass
[13] **se llevan** they take
[14] **ha llegado** arrived
[15] **trampas** traps
[16] **enterrar/enterradas** bury/buried

[17] **escondite** hidden place
[18] **esconderse** hide
[19] **llegaban** arrived
[20] **luchar** fight
[21] **se lo llevaron** they took him
[22] **se fue** went

Adelita hizo un gran **escondite**[17] en la tierra para **esconderse**,[18] si los hombres de la revolución **llegaban**,[19] no sería una víctima más. Ella iba a **luchar**[20] y a proteger a su familia.

Desafortunadamente, los hermanos de Adelita, por ser hombres, sufrieron otro destino. Al hermano mayor, Pedro, se lo **llevaron**[21] los soldados para el ejército del dictador Porfirio Díaz. El hermano menor, Eduardo, estaba apenado por esa decisión, pero la familia no podía hacer nada. Al poco tiempo, Eduardo **se fue**[22] con las tropas de la revolución para liberar a su hermano del ejército enemigo.

En la casa solo quedaron Adelita, su papá, su mamá y su abuela.

Adelita tenía que ser fuerte y **valiente**[23] para proteger a sus padres. La mamá estaba esperando a otro bebé. Por lo tanto, Adelita debía de ayudar más en la casa, de esa manera su madre se mantendría tranquila para que el bebé **naciera**[24] fuerte y saludable.

El papá de Adelita tenía que trabajar la tierra solo. Era mucho trabajo para él, llegaba a la casa muy **cansado**[25] y no podía ayudar con las cosas cotidianas.

Adelita, gracias a su inteligencia, aprendió a hacer las cosas rápido y eficientemente. Preparaba la comida con agilidad y sabía racionar las porciones para un futuro **incierto**.[26]

En las noches, se podía escuchar el sonido de las pistolas y **cañones**.[27] Sabían que se aproximaba la revolución.

[23] **valiente** brave
[24] **naciera** be born
[25] **cansado** tired
[26] **incierto** unknown
[27] **cañones** cannons

Capítulo 3. **La madurez**

Adelita tenía que asumir el rol de mujer adulta. No pudo ser niña por mucho tiempo, tenía que actuar como una mujer adulta si su familia quería sobrevivir a la revolución.

Los hermanos ya **no estaban**[28] con la familia y Adelita **no sabía**[29] si iban a retornar.

Un día **escucharon**[30] el sonido de unos caballos. **En terror**, Adelita y su mamá se fueron a **esconder**[31] en el lugar secreto.

Los hombres que llegaron en los caballos empezaron a destruir las cosas de la casa porque buscaban comida y agua para beber. Al ver que no se encontraba **nadie**[32] en la pequeña casa, la **quemaron.**[33]

Cuando regresó el padre, estaba muy **asustado**[34] y **buscaba**[35] a su familia. Adelita y la mamá **salieron**[36] del escondite y lo **abrazaron.**[37]

—*Adelita: Papá, estamos bien. No te preocupes. Estábamos escondidas.*

—*Mamá: Estoy preocupada. ¿Qué tal si regresan? ¿Qué vamos a hacer?*

—*Papá: Vamos a la mansión de don Eugenio a pedir ayuda, a lo mejor nos apoya.*

---

[28] **no estaban** were not
[29] **no sabía** didn't know
[30] **escucharon** heard
[31] **esconder** to hide
[32] **nadie** no one
[33] **quemaron** burned
[34] **asustado** afraid
[35] **buscaba** looked for
[36] **salieron** came out
[37] **abrazaron** hugged

La abuela de Adelita no pudo continuar por su edad y fragilidad, pero quería proteger la iglesia de la comunidad. La abuela, junto con otras personas ancianas, decidieron quedarse en la iglesia, la cual quedó intacta, no fue destruida por los soldados ni guerrilleros.

La familia fue a la mansión de don Eugenio, él tenía espacio suficiente para ayudar a la gente, sin embargo, cuando llegaron vieron la gran mansión destruida, al igual que la casa de la familia de Adelita. No quedaba nada ni podían encontrar a don Eugenio y a su familia.

La familia de Adelita empezó a caminar y caminar. Otras familias también empezaron a caminar. Unas señoras empezaron a conversar.

—*Señora 1: Yo vi quién atacó, fueron unos soldados que llegaron a la casa buscando revolucionarios.*

—*Señora 2: No, fueron los revolucionarios. Llegaron buscando comida y agua para beber.*

Nadie sabía quiénes estaban destruyendo las casas de las familias. Adelita decidió llevar a la gente a un **cerro**[38] que contaba con agua fresca, vegetales, frutas y animales. Convenció a las familias de seguirla para llegar a ese lugar **seguro**.[39]

Las familias escucharon su plan bien desarrollado y cómo sobrevivir durante la revolución. Enseguida, Adelita guió a las familias hacia ese sitio **seguro** sin saber lo que traería el futuro incierto.

Una vez en el cerro, Adelita preparó a las familias con **piedras**,[40] **palos**[41] y otros objetos que podrían usar para defenderse. También les explicó su plan de ataque. Si eran perso-

[38] **un cerro** a hill
[39] **seguro** safe
[40] **piedras** rocks
[41] **palo/s** stick/s

nas a caballo que se encontraban **lejos**,[42] debían **esconderse**.[43] Si eran personas que andaban **cerca**,[44] posiblemente tendrían que atacar. Las familias estaban felices de contar con Adelita y siguieron sus órdenes.

Una de las jóvenes que iba con las familias era tímida y reservada. Se llamaba Silvia y tenía una edad similar a la de Adelita. Como no tenía tiempo para estudiar, Silvia no sabía leer ni escribir, tampoco poseía la imaginación que tenía Adelita, pero la admiraba mucho por su confianza y por saber defender a los demás.

A veces, cuando las familias **descansaban**,[45] Silvia observaba con asombro a Adelita. Quería ser como ella.

—*Silvia: ¿Me puedes ayudar a leer y escribir, por favor?*

—*Adelita: Sí, por supuesto, a mí me gusta leer y escribir.*

Adelita escribió el alfabeto sobre la tierra con un **palo**. Primero le enseñó a Silvia a escribir su propio nombre. Después le mostró cómo escribir el suyo. Poco a poco Silvia aprendió el alfabeto y los números básicos.

---

[42] **lejos** far

[43] **esconderse** hide

[44] **cerca** near

[45] **descansaban** took a break

Adelita era muy buena para las matemáticas, la ciencia y la astronomía. Gracias a su abuela, ella tuvo una buena educación.

Un día **escucharon**(46) a unas personas en la distancia. Intentaron **esconderse**, pero los hombres **se llevaron**(47) a Silvia y a otros jóvenes. La familia de Silvia se entristeció. Adelita también se puso triste, quería rescatar a Silvia. Con el permiso de sus padres y de las otras familias, Adelita fue a rescatar a Silvia.

También tenía la ilusión de reunirse con sus hermanos Pedro y Eduardo, pero ¿cómo podría rescatarlos? Todos sabían que los soldados y revolucionarios iban para la capital de México. Por lo tanto, Adelita usó un mapa viejo que le perteneció a su abuela y optó por caminar hacia allá.

(46) **escucharon** they heard
(47) **se llevaron** they took

Capítulo 4. **La canción de Adelita**

Adelita empezó a **encontrar**[48] a otras personas en necesidad de ayuda debido a la revolución. Durante la revolución hubo catástrofe y
destrucción. Fue terrible e inimaginable.

[48] **encontrar** to find

Hombres, mujeres y niños caminaban hacia la capital e iban **buscando**[49] a familiares y amigos que fueron capturados. Adelita mencionó que caminaría hacia la capital y tenía un mapa. **Buscaba** a sus hermanos y a Silvia.

[49] **buscando/buscaba** looking for

Poco a poco, otras personas caminaron con ella porque ella tenía un mapa.

Los soldados y guerrilleros atacaban casas inocentes por comida. Les prendían **fuego**[50] a las casas. Las familias y Adelita extinguían el **fuego** lanzándoles agua a las casas. Adelita y las otras personas enfrentaron a los malos soldados que destruían casas inocentes.

Mientras más se acercaban a la capital, más y más gente **se unía**[51] a Adelita. Poco a poco, Adelita formó su propio ejército militar. Las mujeres empezaron a imitar a Adelita. Imitaban su pelo, su ropa, su manera de hablar, cuestionar y argumentar.

Un día, Adelita escuchó una **canción**[52] que se llamaba "Adelita". Muchas personas la **cantaban**,[53] era una canción de admiración por ella.

La canción explicaba lo importante que Adelita era para los soldados.

[50] **fuego** fire
[51] **se unía** unite
[52] **canción** song
[53] **cantaban** sang

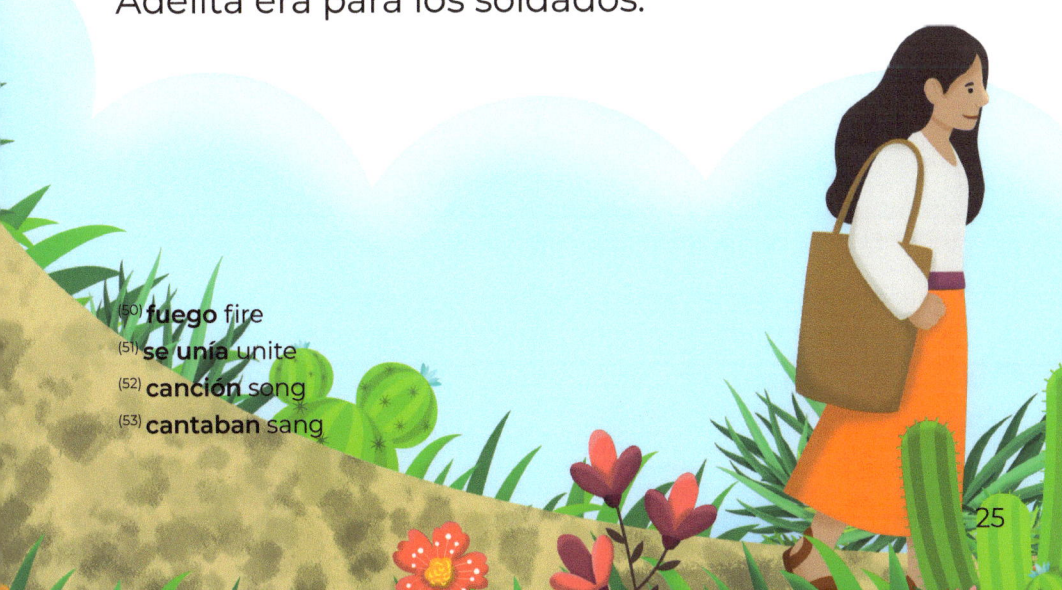

Capítulo 5. **La Revolución Mexicana**

Uno de los soldados de Adelita fue a espiar porque estaban cantando una canción con el nombre de Adelita. Para su sorpresa, se encontró con una mujer. ¡Era Silvia!

Alguien anónimo le escribió una canción a Adelita porque la admiraba. Otras personas también cantaron la canción de Adelita.

El soldado de Adelita fue a confrontar a la joven.

—*Soldado: Soy uno de los soldados de Adelita.*

—*Silvia: ¿Qué? ¿Por qué conoces a Adelita?*

—*Soldado: Mi familia y yo estábamos caminando solos, ella nos encontró y nos ayudó.*

—*Silvia: Por supuesto, Adelita es una persona bondadosa.*

—*Soldado: Te está buscando, ¿quieres venir conmigo?*

—*Silvia: No puedo abandonar a este grupo. Si trato de escapar, ellos me atacarán.*

—*Soldado: Voy a regresar y haré un plan con Adelita para rescatarte. Si tenemos que pelear con las tropas, entonces pelearemos.*

—*Silvia: Está bien, ¡gracias!*

El soldado regresó y le explicó a Adelita todo. Adelita trazó un plan para rescatar a Silvia sin tener que pelear, por desgracia, no parecía posible. Las tropas tendrían que enfrentarse.

Primero, Adelita le escribió una carta al jefe de las tropas de Silvia.

> *Estimado jefe:*
>
> *Por favor, libere a Silvia para que no haya una masacre.*
>
> *Sinceramente, Adelita.*

El jefe respondió:

> *Estimada Adelita:*
>
> *No podemos liberar a Silvia porque necesitamos personas que protejan la capital y al dictador.*
>
> *Sinceramente, el jefe.*

Adelita respondió otra vez.

> *Estimado jefe:*
>
> *Si no liberan a Silvia y a las otras personas capturadas, ¡atacaremos!*
>
> *Sinceramente, Adelita.*

El jefe no aceptó. Por consiguiente, Adelita hizo un plan para atacar a las tropas enemigas y liberar a Silvia.

Adelita formuló un plan para atacar al ejército del dictador Porfirio Díaz. No tenía mucho armamento, así que debía de usar tácticas creativas para atacar. En el instante en el que iban a atacar a las tropas, **llegaron**[54] las tropas de Pancho Villa y Emiliano Zapata. Ellos fueron líderes de la Revolución Mexicana y la Reforma Agraria. También querían eliminar al dictador Porfirio Díaz. Al final se llevó a cabo una batalla legendaria.

[54] **llegaron** arrived

Entre todos capturaron la capital para la democracia y la revuelta obligó al dictador Porfirio Díaz a renunciar y a exiliarse en Francia, lugar en el que murió años después. Una nueva constitución mexicana fue escrita. En total, hay dos constituciones en México. La segunda constitución limita los años de la presidencia a seis años.

Los líderes de la revolución decidieron tomarse una fotografía. Se unieron y en la foto legendaria se incluía a Adelita. Todos supieron que ella y las mujeres de la Revolución Mexicana ayudaron a eliminar al dictador.

Capítulo 6. **Después de La Revolución Mexicana**

Las personas que sobrevivieron regresaron a sus casas.

Estaban esperando por la nueva asignación de **terrenos**.[55] Los pobladores esperaban recibir tierras fértiles del nuevo gobierno, pero **se quedaron**[56] **esperando**.[57] Los mismos **terrenos** difíciles de cultivar todavía eran parte de la familia de Adelita o los pobres. Los **terrenos** fértiles se les asignaron a los políticos del nuevo gobernante de México.

[55] **terrenos** land
[56] **se quedaron** they stayed
[57] **esperando** waiting

Aun así, Adelita abrió una escuela para enseñar a los niños a defenderse con la **mente**[58] y a crear nuevos valores e ideales que ayudaran al pueblo y a la comunidad.

[58] **mente** mind

Las "Adelitas" representan a las mexicanas que participaron en la Revolución Mexicana por la libertad y justicia social. Eran mujeres valientes, vestidas con faldas largas y rebozos, caminando junto a los soldados de México. Las Adelitas eran madres, hijas, hermanas, esposas y compañeras que desafiaron las expectativas de la época para unirse a la revolución.

No solo fueron una fuerza física en la revolución, sino también un símbolo de resistencia y amor por la patria. Su presencia transformó la visión tradicional de la mujer como ser débil y sirvienta del hogar. Ellas demostraron que las mujeres podían ser tan valientes y decisivas como los hombres en combate por un futuro mejor.

FIN

Spanish	English	Spanish	English
a	to	cierto	certain
acceso	access	chiles	hot peppers
ahora	now	como	like
abuela	grandmother	comida	food
agua	water	comunidad	community
algunos	some	con	with
al	to the	conversación	conversation
alfabeto	alphabet	cosas	things
algo	something	creatividad	creativity
allá	there	crear	to create
animales	animals	cuando	when
antes	before	cuatro	four
antepasados	ancestors	cuestionar	to question
años	years	de	of,
aprender	to learn	debían	had
aprendió	learned	defender	to defend
armas	weapons	defenderse	to defend one-self
armamento	armament	democracia	democracy
así	thus	después	after
atacar	to attack	destruir	to destroy
ataque	attack	destruida	destroyed
atacó	attacked	destruían	destroyed
ayudar	to help	dictadura	dictatorship
caballos	horses	dictador	dictator
campo	countryside	diferente	different
cantar	to sing	difícil	difficult
capital	capital	distancia	distance
casas	houses	educación	education
cerro	hill	el	the
ella	she	hablar	to speak

Glossary

ellas	they	hacer	to do/make
empezar	to start	hacienda	hacienda
empezaron	started	hacia	towards
en	in	hermanos	siblings
entonces	then	hijas	daughters
enterrar	to bury	hijos	sons
entre	between	hombre	man
era	was	hombres	men
eran	were	importante	important
escribir	to write	incierto	uncertain
escondite	hiding place	independencia	independence
esconderse	to hide	iglesia	church
espacio	space	igual	equal
española	Spanish	iban	were going
espiar	to spy	ir	to govern
estaban	were	la	the
estar	to be	las	the
este	this	leer	to read
evitar	to avoid	leía	read
exiliarse	to be exiled	lejos	far
familia	family	les	to them
fechas	dates	limitar	to limit
fuego	fire	los	the
Francia	France	luchar	to fight
frutas	fruits	lugar	place
gobernar	to govern	mañana	morning
gobierno	government	mala	bad
gran	great	manos	hands
gritaba	shouted	mansión	mansion
guerrilleros	guerrillas	mapa	map
había	there was	marchar	to march
matemáticas	mathematics	nuevo	new

mayor	older	números	numbers
mayoría	majority	obedientes	obedient
me	me	objetos	objects
mejor	better	otra	another
menores	younger	otras	others
menos	less	padre	father
mencionó	mentioned	para	for
menudo	often	pasado	past
mi	my	pasar	to pass
mientras	while	pelear	to fight
militar	military	personas	people
misma	same	pero	but
mismo	same	pequeña	small
momento	moment	pequeño	small
morir	to die	pidió	asked for
mucha	a lot	pistolas	pistols
muchas	many	plan	plan
mucho	a lot	plantar	to plant
mujer	woman	poco	little
mujeres	women	podían	could
muy	very	ponerse	to put on
nada	nothing	por	for
necesidad	need	posible	possible
niña	girl	posiblemente	possibly
niñas	girls	pobreza	poverty
no	no	presidente	president
nombre	name	proteger	to protect
normal	normal	pueblo	town
nos	us	pudo	could
nopales	nopales	que	that
nueva	new	quedar	to stay

Glossary

quedaron	remained	**sin**	without
quemaron	burned	**sobre**	about
querido	dear	**soldado**	soldier
quieres	do you want	**soldados**	soldiers
quien	who	**solo**	alone
quienes	who	**sonido**	sound
quiso	wanted	**su**	his/her/their
razón	reason	**sumisas**	submissive
realizar	to do	**tal**	such
rebozos	shawls	**también**	also
recibir	to receive	**tampoco**	neither
regresar	to return	**te**	you
religiosa	religious	**tela**	fabric
renunciar	to resign	**telas**	fabrics
representaba	represented	**tener**	to have
responsabilidad	responsibility	**terrenos**	lands
rescatar	to rescue	**tiempo**	time
revolución	revolution	**tierra**	land
revolucionarios	revolutionaries	**tímida**	shy
ropa	clothes	**tipo**	type
saber	to know	**todos**	all
sacarles	take from them	**tortillas**	tortillas
se	oneself	**trabajo**	work
segunda	second	**trampas**	traps
señorita	young lady	**traía**	brought
ser	to be	**triste**	sad
si	if	**tropas**	troops
siempre	always	**tu**	your
similares	similar	**tuvo**	had
Silvia	Silvia	**un**	a
sin	without	**una**	a

usar	to use	vestido	dress
vacío	empty	vestidos	dresses
valiosas	valuable	vi	I saw
valiente	brave	vivía	lived
valores	values	vivían	lived
verduras	vegetables	ya	already
vez	time	yo	I

Other Books by the Author

Los quince de Raquel

Raquel is on the verge of turning 15 over the summer. All she wants for her birthday is a new phone and to celebrate with her friends, but her parents have other plans. They bring her to Mexico, where they celebrate a traditional fiesta de quinceañera with her family in a small village.

El Cucuy: Un monstruo misterioso

Catalina misses her deceased father and wishes to honor his life with a traditional celebration of the Day of the Dead. However, her mother wants to keep her safe and away from harm. To ensure her daughter stays home while she is working, Catalina's mother shares a chilling story about a monster called el Cucuy.

Visit:
www.esmeraldamora.com

About the Author

Esmeralda Mora Román was born in Apetlanca, Guerrero, Mexico. She started teaching the Spanish language in 2010 and has a Master's in Latin American Literature and Cultures and an EdD in Curriculum focusing on language learner literature. Furthermore, Esmeralda is the founding director of the Language Learner Literature Advisory Board (LLLAB) and has presented at numerous national and international conferences, such as ACTFL and IFLT.

When she is not writing or teaching, the author is busy being a mother, wife, and volunteer to local non profit organizations in Chicago, Illinois, USA. Being an immigrant from an Indigenous community, language professional, and lifelong student makes her work a great asset to classroom libraries.

www.ingramcontent.com/pod-product-compliance
Lightning Source LLC
Chambersburg PA
CBHW041753180626
46815CB00017B/34